SATYRES
NOUVELLES.

SATYRE I. *Contre les méchans Auteurs.*

SATYRE II, *Contre les Femmes sçavantes.*

SATYRE III. *Sur la veritable & fausse Noblesse.*

A PARIS, RUE S. JACQUES,
Chez GUILLAUME VALLEYRE, au dessous de
faint Yves, à la ville de Riom.
M. DC. XCIX.

SATYRES
NOUVELLES.

SATYRE PREMIERE

CONTRE LES MÉCHANS AUTEURS.

ON, ne me force plus à garder le silence,
Tu retiens trop long-temps ma Satyre en
    balance
DAMON; & ton conseil est trop pernicieux,
L'ignorance en Deesse erigée en ces lieux
Triomphe impunément, & dictant des oracles
Contre un tel attentat ne trouve point d'obstacles.
BOILEAU ne parle plus, ce severe Censeur
Content de ses lauriers attend un successeur;
Et voyant tout Paris repeuplé de PINCHENÉS
Il cherche à qui remettre & sa gloire & ses peines.
Je ne me flatte point de marcher sur ses pas:
Mais j'étouffe, DAMON, si je n'éclate pas;

Et mon juste dépit me tiendra lieu de Muse
Au défaut d'un talent que le Ciel me refuse.
   Déja d'un nouveau feu je me sens animé,
Pour remplir un projet si noblement formé,
Une foule d'Auteurs qui s'offrent à ma vûë
Font glisser dans mon sang une ardeur inconnuë
Les rimes tout-à-coup me venant à foison
Semblent à leur secours appeller la raison :
Elle approche, & sur moi répandant sa lumiere,
Elle offre à mes regards une vaste carriere,
Et ma plume emportée avec rapidité
Seconde la fureur dont je suis agité.

   ORONTE vient d'abord, & d'un ton plein d'audace
Me demande l'honneur de la premiere place,
Trop content qu'on démêle un jour dans mes écrits
Son nom, malgré ses vers, ignoré dans Paris.
Mais d'un revers si juste il faut qu'il se console,
Avoit-il prétendu qu'au sortir de l'école
Il dût pour son argent prendre le nom d'Auteur
Comme il prit l'autre jour le bonnet de Docteur?
Ce dernier rarement suppose un vray merite,
Et pour quelques louis on peut en être quitte :
Au lieu que pour Auteur quiconque se produit,
Doit nous faire juger de l'arbre par le fruit.
ORONTE, je l'avouë, a pris soin de le faire,
Et prenant vers la nuë un essor temeraire,
Il crût du double Mont atteindre le sommet.
Mais on ne se tient pas tout ce qu'on se promet :
Nous le vîmes tomber, & sa Muse sterile
Ne pouvant soutenir la pompe de son style,
Le rendit aussi-tôt la fable de Paris,

La montagne en travail ne fit qu'une souris.
A peine ses amis l'ont plaint dans sa disgrace;
Pourquoy s'avisoit-il de monter au Parnasse?
Lui qui déja pourvû d'un Benefice exquis,
Ente sur un Abbé tous les airs d'un Marquis.

LA chûte de DORANTE encore est déplorable,
La misere du temps l'a rendu miserable;
Il n'avoit qu'un taleut, il conçut quelque espoir
De finir sa misere en le faisant valoir.
Il donna l'autre jour certaine historiette,
On la vend, il s'agit de trouver qui l'achete:
On dit que c'est un livre à donner de l'ennui,
Et qu'il est fait d'un style aussi pauvre que lui.

LE rusé THEOBALDE a mieux fait son affaire.
Il sçut par un ouvrage enjôler un Libraire,
Qui de l'espoir du gain les yeux tout éblouis
Lui compta sur le champ quarante beaux louis.
Il en est pour son or, & l'ouvrage est si mince,
Qu'à peine sera-t-il du goût de la Province;
Et ce sera peut-être un bonheur singulier
S'il en peut retirer son encre & son papier.

SI le public à tous rendoit même justice
Nous aurions déja vû l'orgueilleux POLYNICE
Chancelant, & frappé d'une juste terreur
Au milieu de sa course arrêter sa fureur,
Et content d'être allé jusqu'au second volume
En de meilleures mains laisser passer sa plume.
Combien d'autres prendroient ce parti comme lui,
Mais le goût de Paris est bizarre aujourd'huy ;
On quitte bon & beau pour suivre l'apparence,

Et l'ombre fur le corps obtient la preference,
D'un ouvrage fçavant on ne fait point de cas,
On l'admire, & c'eft tout; on ne l'achete pas.
A la honte du fiecle on fçait que la fadaife
A mis de nos jours même un Auteur à fon aife,
Tandis que c'eft le fort d'un folide Ecrivain
D'avoir beaucoup de gloire & de manquer de pain.

DAMIS pour s'enrichir trouve un chemin facile
Il ne met rien du fien, il r'habille, il compile,
A chercher de beaux mots fon efprit fe morfond,
Il vole, il fait enfin ce que tant d'autres font.
Il a fort peu d'efprit & beaucoup de memoire,
Et l'on ne fçauroit dire autre chofe à fa gloire;
Cependant revêtu des dépouilles d'autrui
On ne voit point d'Auteurs auffi riches que lui.
Je ne puis m'empêcher de loüer fon addreffe,
Il fçait le goût du peuple, il flatte fa foibleffe,
Un livre à fon calcul ne vaut qu'autant qu'il rend,
Il n'y prend que les fots; mais le nombre en eft grand,
Et fi c'eft être fot que de s'y laiffer prendre,
C'eft avoir de l'efprit que de le fçavoir vendre.

LES femmes ont fur tout cette facilité,
Elles fçavent donner un goût de nouveauté
A des chofes d'ailleurs fades & triviales,
Auroit-on fur ce point des regles generales ?
Non, il n'eft qu'un fecret pour les faire paffer
Et ce fecret confifte à les fçavoir placer.
Reformons cet abus dans l'Empire des Lettres,
Rougiffons de glaner fans ceffe après nos maîtres,
Nous avons leur exemple, il doit nous exciter :

Partageons avec eux la gloire d'inventer;
N'oserions-nous sortir d'une indigne tutelle?
Et peindrons-nous toûjours d'aprés quelque modele?
Pourquoy satyriser au goût de Juvenal,
Dans le temps que Paris nous sert d'original.
Mais l'homme, dira-t-on, est toûjours le même homme,
Les vices de Paris sont les vices de Rome.
J'y consens, s'il le faut, imite Juvenal;
Mais si je te fais voir que tu l'imites mal,
Que ton obscurité qu'aucun regard ne perce,
Au lieu de Juvenal me fait revivre Perse;
Que me répondras-tu? parle de bonne foy:
Quoy, tu ne me dis mot? ça je répons pour toy.
Il falloit t'en tenir à ce genre d'écrire
Cent fois plus lucratif que ne l'est la Satyre,
Où chaque coup de plume est de l'argent comptant,
Je ne m'explique pas, & je croy qu'on m'entend.

    TOUT beau, Censeur, tout beau; moins de fiel, moins de bile,
Dira quelqu'un, d'ailleurs ton soin est inutile.
Crois-tu qu'il ne te faut que quelques méchans vers
Pour arrêter le cours de tant d'abus divers?
Parcours Contes galans, Chansons ou Parodies,
Avantures du temps, Operas, Comedies;
On ne compose plus qu'en dépit du bon sens,
Et tu dois t'épargner des efforts impuissans.

    LE mal fût-il plus grand que l'on ne sçauroit dire;
C'est quelque chose au moins d'empêcher qu'il n'empire,
Je ne me tairay point tant que l'on m'apprendra
Qu'on va comme au sermon dormir à l'Opera;

Et que pour mon argent j'y dormiray moy-même,
Quoyque pour les concerts ma fureur soit extrême.

QUE je plains d'AMPHION le pitoyable sort !
Il vogue vent arriere, & fait naufrage au port,
Il vient de parcourir l'EUROPE toute entiere
Sans que le moindre écueil l'arrête en sa carriere :
Mais pour avoir fait choix d'un Nocher tout nouveau,
Il a vû contre une ISLE échouer son vaisseau.
O trop heureux LULLY ! la douce tyrannie
Qu'exerçoit sur les sens ta flateuse harmonie,
Peut-être, si l'on ose en juger comme il faut,
Devoit moins à ton art qu'à celui de QUINAUT.
Où sont les successeurs de ce tendre Poëte,
Qui d'une expression si touchante & si nette
Charmoit tout à la fois les esprits & les cœurs ?
Ceux qui passent pour tels, & qu'on croit ses vainqueurs,
A la chûte d'autrui doivent toute leur gloire,
Le debris d'un naufrage est leur champ de victoire.

LES plus heureux succés sont des coups du hazard,
Tout dépend d'entreprendre ou plutôt ou plus tard :
Heureux qui sçait trouver cet instant favorable,
Qui seul a droit de rendre un ouvrage admirable ;
On n'examine plus s'il choque le bon sens,
Les endroits les plus froids en sont les plus pressans :
L'Auteur impunément y neglige la rime,
Ce n'est pas de si peu qu'on doit lui faire un crime,
La chose ne vaut pas qu'on en fasse de bruit ;
On lui passe un portrait reconnu dans la nuit,
Une grote à l'Acteur presente une devise
Il faut pour la sçavoir que l'Auditeur la lise :

Mais

Mais de ce contre-temps pourquoy nous étonner?
Eſt-ce le ſeul endroit qu'il donne à deviner ?
Chaque vers, chaque mot a beſoin qu'on l'explique,
Et le corps de la piece eſt tout enigmatique.
Cependant étourdi des applaudiſſemens,
Je n'oſe demander des éclairciſſemens,
Et j'attens dans un coin que la piece finiſſe,
Pour aller du public décrier le caprice.

J'AY dans la Comedie un ſort un peu plus doux
Le ſujet qu'on y traite eſt approuvé de tous,
Au bruit des vers pompeux ma Muſe ſe reveille,
Et je vois que l'Auteur a bien lû ſon Corneille,
Qu'il ſe fait une loy de ſuivre tous ſes pas,
Et que ſous un tel guide il ne s'égare pas.

CEPENDANT je ne puis ſans une peine extréme
Entendre qu'une Sainte oſe dire qu'elle aime,
Et que prête à braver la derniere rigueur ,
Un Payen avec Dieu partage encor ſon cœur.
On dira qu'embrazé d'une flâme divine
Polieucte à ſon tour ſoupire pour Pauline;
Je le ſçay , je ne puis blâmer dans un Chrêtien
L'amour autoriſé par un ſacré lien ,
Mais à Galerius la tendre Gabinie
Par le même lien n'eſt pas encore unie;
Et lui faire ſentir des feux hors de ſaiſon,
C'eſt mal ſuivre Corneille, & choquer la raiſon.

QUE doit penſer de nous l'ombre de ce grand homme
Si jaloux autrefois de la gloire de Rome,
Voyant ſes fiers Romains déchus de leur grandeur.

B.

Démentir à nos yeux leur premiere splendeur,
Un de leurs Empereurs, accablé de tristesse,
Succomber sous le poids de sa propre foiblesse,
Et par son ennemi dépouillé, dégradé,
Perdre à regret l'Empire aprés l'avoir cedé?
Le public s'est chargé du soin de sa vengeance,
Et la piece est tombée au point de sa naissance.
Corneille cependant n'est pas assez vengé,
Le soin qu'on en doit prendre est un soin negligé.
Il est vray qu'il en tire une nouvelle gloire,
Ses foibles Successeurs consacrent sa memoire,
L'ouvrage de ses mains demeuré sans appuy
Nous le fait regretter, & Racine aprés lui.

Le Theâtre déchu de sa grandeur premiere
Par un triste revers rampe dans la poussiere;
En vain nous y cherchons ces nobles sentimens
Qui l'ont porté si haut dans ses commencemens.
Il n'est rien de plus fier que la scéne tragique,
Elle exerce sur nous un pouvoir tyrannique,
Elle l'exerce même avec trop de rigueur,
Et son premier effet est de serrer le cœur.
Elle vient l'effrayer, elle le rend sensible,
Et puis de la pitié le ramene au terrible.
Mais on ne la voit pas aujourd'hui sur ce pié,
Rien n'y paroît terrible & tout y fait pitié.
Damon, trop de sujets tombent sous ma Satyre,
Je ne finirois plus si je voulois tout dire.

Mais toi, me diras-tu, qui tranches du Docteur,
Prétens-tu te donner pour un parfait Auteur,
N'apprehendes tu pas dans ton audace extréme

Que tes traits repouſſez ne te frappent toi-même,
Et qu'on ne te reproche un ſtyle tout nouveau,
Et qui répond ſi mal à celui de Boileau.

DANS le juſte deſſein que je viens d'entreprendre
Je ne parle, DAMON, que pour me faire entendre,
Tout le monde a ſon goût; mais ce n'eſt pas le mien,
D'entonner de grands mots & de ne dire rien.
Je laiſſe ce haut ſtyle au pompeux Dramatique,
Le ſtile naturel convient au Satyrique,
On doit ſans s'émouvoir reformer les abus;
Qu'un autre s'il le veut, ſur un ton de Phœbus,
Pour tonner de plus haut, & tout reduire en poudre
Dans le ſein de la nuë aille former la foudre;
De quoy ſert un éclat qu'on voit s'évanouir,
Un Cenſeur doit inſtruire & non pas éblouir.
Pour moy ſans m'élever au deſſus du vulgaire,
Je dis d'un ſtyle plat, ſur un ton ordinaire:
Je trouve à cenſurer mille Auteurs à la fois,
Et la plume à la main, je n'ay qu'à faire un choix.

SATYRE SECONDE

CONTRE LES FEMMES SÇAVANTES.

LE Ciel de trop de biens prit soin de te combler,
Le poids de ses faveurs commence à t'accabler
DAMIS ; & sur le point d'épouser CELIMENE
Ton cœur impatient soupire aprés sa chaîne.
Entêté, prevenu, tu m'en fais un tableau
Où je vois que l'amour a conduit ton pinceau.
Elle est riche, dis-tu, jeune, sensible, belle,
Raisonnable, & d'ailleurs toute spirituelle.
Mais seroit-ce par là que ton cœur la cherit ;
Epouses-tu le corps en faveur de l'esprit ?
Je donne au but, DAMIS, tu n'oses t'en deffendre ;
C'est par ce seul endroit que tu t'es laissé prendre.
Que je te plains ! le Ciel retractant ses bienfaits,
Veut enfin de ton cœur troubler l'heureuse paix ;
A quelques doux plaisirs que l'Hymen te convie,
C'est le fatal écueil du repos de ta vie.
Cette même beauté qui t'enchante aujourd'huy
Demain te va livrer au plus cruel ennuy ;
Tel que tu me l'as fait, son portrait m'épouvante,
J'y vois deux grands défauts ; elle est femme, & sçavante.
Un seul de ces défauts te rendroit malheureux,
Et tu peux sans frayeur les défier tous deux ?

MAIS pour te retirer du bord du precipice,
Il faut que sur ce point, DAMIS, je t'éclaircisse ;

Que je te fasse voir en t'ôtant le bandeau
Qu'une femme sçavante est un pesant fardeau.
Adam tant qu'il fut seul n'éprouva point d'allarmes,
Il vivoit sans ennuis dans un lieu plein de charmes:
Enyvré des plaisirs, on dit qu'il s'endormit,
Pour ses desseins secrets l'Eternel le permit.
A son parfait bonheur il manquoit une femme
Qui devoit avec lui ne faire plus qu'une ame;
De là viennent pourtant nos plus cruels revers,
Une femme sçavante a perdu l'univers:
Eve fut éclairée autant qu'on le peut estre,
Mais quoy ! plus on connoît, & plus on veut connoître,
Un fruit aussi charmant qu'il est pernicieux
Sur le bien & le mal lui doit ouvrir les yeux,
Le serpent se prévaut de sa foiblesse extréme,
La presse d'en goûter, elle en presse Adam même.
Adam est complaisant. (Que d'Epoux aujourddhuy
Seroient en pareil cas complaisans comme lui ;)
A ses premiers souhaits il n'ose estre rebelle,
Et la voyant périr, il périt avec elle.
Je voy que cet exemple est tiré de trop loin,
Tu n'en veux point, DAMIS, dont tu ne sois témoin.
Mais ne crois point par là me reduire à me taire;
On trouve dans Paris de quoy se satisfaire.
Tu connois DORILAS cet Avocat fameux
Qui du Code & des Loix débrouille tous les nœuds;
Tout Paris le consulte, on le court, on l'admire;
Dés qu'il a prononcé, l'on n'a plus rien à dire;
Par ses sages conseils tel qui perd tout son bien
Au moins en le perdant ne se reproche rien.
Cependant DORILAS cette sçavante tête
Auprés de son épouse est une grosse bête.

Elle veut tout sçavoir; Code, Digeste, Loix,
Rien n'est bien expliqué s'il ne l'est par sa voix:
DORILAS veut en vain reprimer son audace,
Il faut ou qu'il se taise, ou qu'il quitte la place,
Trop heüreux qu'à ce prix on lui vende la paix,
Sa femme s'en croit trop pour lui ceder jamais:
Et je m'attens qu'enfin par pure complaisance
Il lui laisse remplir sa place à l'Audience.

TE souviens-tu, DAMIS, qu'un jour dans un jardin
Nous vîmes CALISTON seule, d'un air chagrin,
Negligée & marchant loin de sa coterie
Pour mieux entretenir sa chere réverie:
Tu me dis à l'instant, trompé par sa langueur
Que sans doute elle avoit quelque affaire de cœur;
Je le crûs comme toi; mais nôtre ami TIMANDRE,
Me répondit tout bas qu'on pouvoit s'y méprendre;
J'en veüx estre éclairci, je l'en presse, il sourit;
Et me dit qu'elle avoit quelque affaire d'esprit.
La replique me plut, & me donna l'envie
D'apprendre plus au long l'histoire de sa vie:
O Ciel! que le détail en est facetieux!
Qu'il faut pour n'en point rire estre né serieux!

CALISTON est sçavante, ou du moins se croit telle,
Elle a tant de panchant pour une erreur si belle,
Que vouloir sur ce point lui rendre la raison,
C'est par un coup mortel tenter sa guerison,
Il vaut mieux l'encenser sur sa seule parole,
Le bandeau qui l'aveugle est sa plus chere Idole,
Plutôt que de souffrir qu'on y portât la main
Elle feroit divorce avec le genre humain.

Etrange entétement! pitoyable manie!
Elle veut qu'on la livre à son mauvais genie.
Ses lâches partifans font autant d'impofteurs,
Et de tous fes amis elle a fait des flateurs.
Ce féroit perdre temps que de la contredire;
Son efprit hors d'atteinte aux traits de la Satyre
S'eft frayé pour lui feul des chemins tout nouveaux,
Idiles, ou Chanfons, Sonnets, ou Madrigaux,
Au fortir de fes mains font reçus fans replique,
Et fon caprice feul eft fon art poëtique.
Juge, mon cher DAMIS, fi fur un tel garant
L'on ne doit pas donner & du bon & du grand.
Mais de tous les défauts, c'eft là le plus fouffrable,
Ne produisît-on rien qui ne fût deteftable,
On trouveroit encor de Cenfeurs indulgens,
Pourvû que l'on ceffât de fatiguer les gens.
Elle répand par tout la fureur qui l'agite,
Elle court accabler du poids de fon merite,
Ceux qui payans fi cher le nom de fes amis,
Voudroient y renoncer s'il leur eftoit permis.

DORANTE eft le premier qui fçait ce qu'il en coûte,
Un aftre injurieux le conduit fur fa route.
Son carroffe qui paffe avec rapidité,
Eft par fes cris aigus fur le champ arrêté.
Rien n'échape aux regards d'une femme fçavante,
Où va, s'écrie-t-elle, où va le cher DORANTE?
Et d'où peut lui venir ce grand empreffement?
Ne fçauroit-on de lui jouir un feul moment?
Pardon, répond DORANTE, une preffante affaire
Me prive de l'honneur que vous voulez me faire:
Mon Avocat m'attend, midy vient de fonner,

C'eſt l'heure juſtement qu'il a ſçeu me donner.
Adieu.. Non, lui dit-elle, on me doit audience,
Et j'avois pour vous voir beaucoup d'impatience.
C'eſt pour vous regaler du plus joli morceau
Qui... Franchement DORANTE, il n'eſt rien de ſi beau
Mais vous en jugerez ; qu'on ouvre la portiere.
Elle entre, touſſe, crache, & puis entre en matiere,
Aprés l'avoir prié que d'un pas grave & lent
On traîne par reſpect ce Parnaſſe ambulant.
Elle lit à l'inſtant, mais d'un ton energique ;
Sur la mort de Melampe. Epitaphe heroïque.
De grace, dit DORANTE, adouciſſez le ton ;
Et pourquoy l'adoucir, luy répond CALLISTON?
Je vous lirois ces vers ſur un ton ordinaire,
S'il falloit exprimer une perte vulgaire ;
Mais la mienne eſt trop grande, & mon chien fut ſi beau
Qu'il va du Zodiaque eſtre un Signe nouveau,
Et puiſqu'il faut enfin vous dire toute choſe,
Je m'en vais travailler à ſon Apotheoſe.
DORANTE à ces grands mots ne répond qu'en riant,
Je vous l'avois bien dit, c'eſt un morceau friant
Dit-elle, & je connois que la piece eſt tres-bonne,
Puiſqu'à ces doux tranſports yôtre cœur s'abandonne.
Ecoutez ſeulement, vous en ſerez charmé,
Il n'eſt rien de plus fort, rien de mieux exprimé.
Elle dit, & ſoudain elle fait la lecture
D'un ouvrage qui choque & l'art & la nature,
Où regne le Phœbus de l'un à l'autre bout,
Et dont chaque partie eſt conforme à ſon tout.
Raiſon, rimes, cadence, expreſſions, penſées
Y ſont, graces à l'art, ſi finement placées,
Qu'à les chercher DORANTE en vain veut s'appliquer,

Il leur

Il leur eſt défendu de ſe communiquer.
C'eſt là que CALISTON par des efforts ſublimes
Erige blanc & noir en termes ſynonimes,
Et qu'on ne comprend point par quel bizarre choix
Ils ſe ſont raſſemblez pour la premiere fois.
Marche qui le pourra ſur de ſi beaux veſtiges,
C'eſt à CALISTON ſeule à faire ces prodiges.

JE ſçay qu'en ſa faveur ERASTE prevenu,
Y va trouver un goût à tout autre inconnu,
Je voïs ce complaiſant & lâche Paraſite
Du galimathias luy faire un vray merite,
DORANTE d'un tel ſoin ſupprime la moitié,
Et n'oſant applaudir, il ſe taît par pitié.
Elle lui ſçait bon gré de cette violence,
Et même en ſa faveur expliquant ſon ſilence
L'eſprit tout aveuglé de ſa preſomption,
Elle prend ſa pitié pour admiration.

L'HEURE enfin du dîner au logis la rappelle,
DORANTE l'y ramene, & prenant congé d'elle
Aprés avoir peſté cinq ou ſix fois tout bas,
Fait un ferme propos de fuir par tout ſes pas.

D'UNE ſemblable perte elle eſt trop conſolée,
Elle attire chez elle une docte aſſemblée
D'Auteurs ſoy diſans tels, dont le foible ſecours
Du Mercure Galant eſt le dernier recours,
Et qui dans maint ſonnet, & dans mainte epigramme
Tracent en vers pompeux une amoureuſe flâme.

CE ſont de CALISTON les plus chers partiſans,
C

Mais on sçait à quel prix ils vendent leur encens;
Enchantez de l'odeur qui vient de sa cuisine
Ils jurent par son nom, elle est leur Heroïne;
C'est là qu'au milieu d'eux la balance à la main
Des plus fameux Auteurs elle fait le destin.
A Corneille, à Racine elle croit faire grace
S'ils ne sont sur le champ degradés du Parnasse,
Le premier à son gré pensoit passablement,
Le dernier exprimoit plus naturellement.

Mais tandis qu'on lui prête un auguste silence,
Horace & Juvenal entrent dans la balance,
C'est à tort qu'on leur donne un honneur immortel,
L'un a manqué de fiel, l'autre a manqué de sel.

Je viens à son époux. Que son malheur me touche!
Devant son Tribunal il n'ose ouvrir la bouche;
Ou s'il l'ouvre par fois, il n'en sort pas un mot
Qui n'attire sur lui le titre d'Idiot.
Il est vray qu'autrefois on lui donna des maîtres
Qui le sçurent brouiller avec les belles Lettres,
Et que certains Pedans par la faveur placés,
De Grec & de Latin fierement herissés,
Et qui perdroient plutôt leur poste & leur salaire
Que de se ravaler au langage vulgaire,
Par leur style guindé l'éleverent si haut,
Que de sot écolier il devint maître sot.

Mais n'est-ce pas assez que le sort qu'il deteste
Ait sçu d'une Sapho lui faire un don funeste?
Ne peut-il estre sot au moins impunément;
Faut-il qu'au choix des mots il tremble à tout moment?

N'ofera-t-il jamais rifquer un folecifme,
Et paffer quelquefois jufques au barbarifme ?
Tel fera ton deftin : telle que je la voy,
DAMIS, ta CELIMENE en fçaura plus que toy.
Mais ce n'eft rien encor : ton époufe future
De la Philofophie a pris quelque teinture,
DESCARTES, m'a-t-on dit, ce celebre Rêveur
Au mépris d'Ariftote a furpris fa faveur ;
Elle eft toute pour lui, le mal a pris racine :
A table, au lit, par tout elle parle. *Machine.*

ET tu ne trembles pas, temeraire DAMIS !
Il en eft temps encor, fuy lorfqu'il t'eft permis.
Croy-moy pour ton bonheur : c'eft une chofe énorme
Que de voir une femme argumenter en forme,
Entonner ces grands mots de * Sujet, d'Attribut,
Conduire à pas comptez * l'Enthiméme à fon but.
A fa foible raifon pour peu qu'elle fe fie,
Elle ne s'en tient pas à la Philofophie,
Et n'ayant jamais fçu prendre un jufte milieu,
Elle fe mêle enfin des affaires de Dieu.
Je ne t'en parle pas fur fimple conjecture,
Tu le fçais comme moy, tout Paris en murmure,
Et ceux qui par prudence auroient dû le celer,
Par un excés de zele ont fçu le reveler.
On ne parle en tous lieux que d'oraifons mentales,
Elles font l'entretien du Pont-neuf & des Halles,
Sans crainte, fans refpect le vulgaire ignorant
Ofe prendre parti dans ce grand different ;
Et vers la nouveauté la pente eft fi facile
Qu'elle entraîne aprés elle & la Cour & la Ville.
O temps ! ô fiecle ! ô mœurs ! un fi terrible mal

C iij

* Terme
l'Ecole.
* Sorte d'ar-
gument.

D'une femme sçavante est l'ouvrage fatal.

Et que nous importoit d'apprendre une science
Qui seduisant l'esprit, trouble la conscience?
A quoy bon inventer tant de rafinement
Sur un amour qu'on sent d'ailleurs si foiblement.
N'est-ce pas nous ouvrir des routes singulieres
Que vouloir nous damner à force de prieres?
Quel dessein! en fut-il jamais de plus hardis,
On propose aux Chrêtiens un Dieu sans Paradis,
On brave de l'Enfer le gouffre épouvantable
Pour adorer les coups d'une main adorable.

   MAIS quoy? me diras-tu, cette grossiere erreur
A pû dans les esprits jetter tant de fureur!
Si l'envie en prenoit jamais à CELIMENE,
Je pourrois sur ce point la détromper sans peine.
La détromper sans peine! ah! ne t'y flatte pas,
DAMIS, & garde toy sur tout du premier pas.
Le Sexe est trop altier, n'esperons pas qu'il cede,
Non; son entêtement est un mal sans-remede;
On risque de se perdre en voulant le sauver,
Et l'on tombe aprés lui, loin de le relever.
Défions-nous, DAMIS, de nôtre clair-voyance;
Nous n'en voyons que trop la triste experience.
L'aurois-tu jamais crû du fameux TRASIMOND?
Quel esprit plus brillant? quel sçavoir plus profond?
Cependant tu l'as vû se perdre dans l'abîme
Pour trop suivre un penchant qu'il croyoit legitime,
Et traiter son ami d'injuste, d'inhumain,
Lorsque pour l'en tirer il lui tendoit la main.
D'où vient tout son malheur, c'est d'une femme folle:
Il en a plus appris, dit-il, dans son école

Qu'il n'en apprit jamais parmi tous les Docteurs
Qui des secrets du Ciel sondent les profondeurs.
Une fausse Sçavante a seduit ce grand homme,
Il n'a voulu ceder qu'à l'Oracle de Rome;
Mais plus docile enfin il nous fait esperer
Que la foudre en tombant aura pû l'éclairer.

Je reviens, cher Damis, au motif qui m'engage
A détourner ton cœur d'un fatal mariage.
Veux-tu dans un Hymen passer des jours heureux,
Evite de l'esprit le piege dangereux.
Et pour toute vertu cherche dans une femme,
L'honnêteté des mœurs, & la candeur de l'ame.
Une femme ignorante est un tresor sans prix,
Il est rare en tous lieux & sur tout à Paris.
Non, le sexe jamais n'y brilla davantage,
Mais il n'en est pas mieux pour le train du menage.
D'où vient chez Ariston que tout va de travers?
C'est que Doris se mêle & de prose & de vers.
Tenté d'un même choix, redoute sa disgrace,
Garde-toy d'ériger ta maison en Parnasse,
Et souviens-toy sur tout d'en chasser avec soin
Tout homme qu'Apollon sçut marquer à son coin.
Ne souffre pas, Damis, qu'un faiseur d'Elegie
Celebrant ton buffet sur le ton d'un Orgie,
Te ruïne en bon françois, pour t'apprendre en latin
Qu'on aiguise l'esprit en buvant de bon vin.
Profite du conseil qu'en ami je te donne,
Plût au Ciel qu'il ne fût negligé de personne,
Sous l'étendart d'Hymen moins prompts à s'enrôler,
Les hommes reduiroient les femmes à filer :
Mais si l'abus naissant passe enfin en coûtume
Elles vont leur ôter l'épée aprés la plume.

SATYRE TROISIE´ME

Imitée de Juvenal.

SUR LA VERITABLE ET FAUSSE NOBLESSE.

TE verray-je toûjours donner dans la chimere,
Et veux-tu me reduire à ne pouvoir me taire,
TIMANTE ? jusqu'à quand tout plein de tes ayeux,
En feras-tu par tout l'étalage ennuyeux ?
Faut-il qu'à tous propos ta bouche me les vante?
Pretens-tu t'ériger en histoire vivante?
Quel dessein est le tien ? ne sçait-on pas sans toy,
Ce que fit ton Ayeul au Siege de Rocroy?
Charleroy, Mont-Cassel theâtres de sa gloire,
N'en ont-ils pas assez consacré la memoire?
Veux-tu que ses exploits aillent encor plus loin?
Ma Muse, s'il le faut, se charge de ce soin.
Mais ne songes-tu pas, ambitieux TIMANTE,
Que plus son nom est grand, plus ta honte s'augmente?
Et que c'est vainement que tu t'en veux parer,
Si tu ne cesses point de le deshonorer ?

DE quoy servent, dis-moy, ces portraits magnifiques,
De tes vices divers éloquentes Critiques!
Pourquoy sont-ils placez dans ton appartement,
Sinon pour y servir d'inutile ornement.
Est-ce peu que par toy leur gloire soit ternie?
Veux-tu qu'ils soient témoins de ton ignominie,
Et qu'ils regardent tous d'un œil étincelant,

La maison des Heros érigée en Brelant.

S'il leur estoit permis de rompre le silence,
Que ne diroient-ils pas de ta molle indolence?
Voyant que chaque jour le lever du Soleil
Te trouve enseveli dans un profond sommeil;
Au lieu que de leur temps l'Etoile matiniere
Des plus fameux exploits leur ouvroit la carriere,
Et que dans ces momens si chers à ton repos,
Ils s'alloient fatiguer sur les pas des Heros.
Une même carriere à ta course est ouverte,
Et les mêmes lauriers dont leur tête est couverte
Dans les champs du Dieu Mars destinez à ton front
Si tu veux les cueillir, t'immortaliseront.
C'est-là qu'il t'est permis d'étaller leurs images,
Pourvû que tes grands coups soient tes premiers hômages.
Fay marcher devant toy ces précieux tableaux,
Qu'ils te servent par tout d'exemples & de drapeaux.

Mais si trop entêté d'une vaine fumée
Tu ne veux t'ennoblir que de leur renommée,
Si tu prens pour appui les exploits qu'ils ont faits,
Croi-moy, pour ton honneur ne les vante jamais.
C'est donner au public des armes pour te battre,
On ne connoît en toy qu'un Heros de Theâtre,
Et d'un nom emprunté sottement ennobli
Tu nous peins trait pour trait Baubour & Rosely.

Mais quoy, me diras-tu, pour vivre dans l'histoire
Faut-il chercher la mort dans le sein de la gloire?
Ne puis-je soutenir la splendeur de mon rang
A moins qu'il ne m'en coûte ou la vie ou du sang?

Fait-on en ce seul point consister la noblesse ?
Ne sçauroit-on enfin sans honte & sans foiblesse
Jouir, loin des combats, d'un honnête repos ?
Ne peut-on estre noble à moins d'estre Heros ?

Non, je ne souscris pas à cette erreur vulgaire,
Je donne à la Noblesse un plus doux caractere;
Pour l'emporter d'assaut il est plus d'un chemin,
On n'y va pas toûjours les armes à la main.
La robe y peut pretendre aussi-bien que l'épée,
Ciceron s'ennoblit, comme le grand Pompée,
Et Numa pacifique égala Romulus.
Tel est mon sentiment. Je te diray bien plus;
Egale, s'il se peut, les plus grands Capitaines;
Surpasse les CONDE'S, efface les TVRENNES
Fay trembler sous tes pas l'Univers abbatu,
TU N'ES PAS ENCOR NOBLE SI TU N'AS LA VERTU.
Seule elle nous fait vivre à jamais dans l'histoire,
Toute gloire sans elle est une fausse gloire,
Et sur ses droits sacrez un impie attentat.
Fay briller sur ton front son precieux éclat;
Dans tout ce que tu fais consulte la justice,
Rejette loin de toy jusqu'à l'ombre du vice,
Je ne veux plus sçavoir quels furent tes Ayeux,
Et je vais t'en chercher parmy les demi-Dieux.
Fusses-tu d'un sang vil, d'une naissance obscure,
Ta vertu n'en sera que plus belle & plus pure;
Et dés qu'on voit un fleuve enrichir nos côteaux
On ne recherche plus la source de ses eaux.

MAIS si t'abandonnant à ton lâche genie
Tu croupis dans l'opprobre, & dans l'ignominie,

Si

Si le crime chez toy s'assûre un protecteur,
Si l'on t'en reconnoît le complice ou l'auteur,
Fusses-tu descendu d'une race immortelle:
Indigne rejeton d'une tige si belle,
Tu rendras de tes mœurs tout l'Univers témoin,
Plus le siege en est haut, plus on le voit de loin;
Et toute la vertu de l'ayeul ou du pere,
Ne sert qu'à diffamer le fils qui degenere.

Tu connois CTESIPHON, il est de tes amis;
Jusqu'à quand croira-t-il que tout lui soit permis?
Son ayeul, il est vray, servit bien sa patrie;
Mais il n'est de ce tronc qu'une branche pourrie;
Et nous payons trop cher la vertu qui n'est plus,
Si le crime qui reste a des droits absolus,
S'il faut qu'impunément sa superbe licence
Fasse par tout gemir la timide innocence.
Quel injuste dessein s'ose-t-il proposer?
A ses emportemens qui peut l'autoriser?
Jaloux de son ayeul, accablé de sa gloire,
Veut-il que le public proscrive sa memoire,
Et qu'à sa froide cendre on impute aujourd'huy
L'embrazement fatal que l'on attend de luy?
Dans tous ses attentats faut-il qu'il l'enveloppe?
Le verrons-nous toûjours chez *Rousseau*, chez *Procope*
Faire sonner son nom pour en ternir l'éclat,
Et sous ce nom fameux produire un scelerat?
Quel fruit retire-t-il de ce pompeux fantôme?
Ne vaudroit-il pas mieux qu'il fût né sous le chaûme,
Et que dans la bassesse & sous l'obscurité
Il cachât les fureurs dont il est agité?
Prevenu des égards qu'on doit à la naissance,

D

Ose-t-il se flater de l'injuste esperance
De se mettre à couvert des foudres de Themis,
Sous un superbe tas de parens ou d'amis?

Qu'il regarde un moment le sort de MESSALINE,
Contre son attentat tout Paris se mutine;
En vain on croit soustraire à la rigueur des Loix
Un sang que le public demande à haute voix;
On attend tous les jours que le nuage creve,
Et la Croix-du-Tiroir la dispute à la Greve.
Cependant elle est noble & chacun en convient,
On rend à ses ayeux ce qui leur appartient;
Mais s'il faut qu'à son tour je lui rende justice,
L'éclat de ces ayeux n'a rien qui m'éblouïsse.
Que le nombre en soit grand, je n'en veux point douter,
Ce seroient ses vertus que je voudrois compter,
Et j'en découvre moins à travers sa noblesse,
Qu'on ne lit de bons vers dans l'AMADIS de GRECE.

O! que c'est en ce siecle un secret ignoré
De loger la vertu sous un lambris doré:
Non, non, ce n'est pas là son sejour ordinaire,
Le noble dédaigneux la renvoye au vulgaire;
Mais ce même vulgaire est plus noble que lui,
Si de cette exilée il est le seul appuy.

QUOY! plus noble que moy? (me répond ARTABAZE)
Transporté du couroux dont ce seul mot l'embraze:
On m'ose préferer ce peuple vil & bas,
Qui baise par respect les traces de mes pas?
Ainsi des grands exploits la memoire s'efface?
Et que ne doit-on pas aux Heros de ma race?

Combien de sang, jadis, leur en a-t-il coûté
Pour replanter la Croix dans la sainte Cité?
C'est dans ces sacrez lieux que l'ardeur de leur zele
Fit triompher la foy sur un peuple infidele,
Et l'Eglise leur doit des honneurs immortels
Pour avoir dans Sion relevé nos Autels:
De ces fameux Guerriers j'ay receu la naissance,
Je compte pour ayeux, malgré la médisance,
Ces dignes Compagnons du brave GODEFROY
Leur sang de veine en veine a coulé jusqu'à moy,
Et je verray CREON sorti de la bassesse
Disputer avec moy des titres de noblesse,
Par la seule raison qu'on le voit revêtu
D'un fantôme d'honneur qu'on appelle vertu.

J'AIME mieux de CREON la vertu toute nuë
Que tout ce faux éclat dont tu frappes ma vûë,
De son merite seul CREON fait son appuy;
Au lieu que tu dois tout au merite d'autruy;
Ce petit Citoyen de quelque lieu qu'il vienne
Commence sa noblesse, & tu finis la tienne,
Tu fus noble, il est vray; mais qu'ay-je à faire, moy
De chercher tes ayeux au camp de GODEFROY?
J'auray droit de traiter ta noblesse d'atôme
Tant que tu traiteras la vertu de fantôme:
A quoy bon me citer ces Guerriers si fameux,
Ils ont tout fait pour toy, mais qu'as tu fait pour eux?
Heritier de leur sang, & non pas de leur gloire,
Tu vas rayer leur nom du Temple de Memoire
Le sang de ces Dompteurs du Jourdain & du Nil
Ce sang si glorieux à quoy se reduit-il?
Je veux bien le porter jusqu'au degré suprême,

Mais toy, rens-toy justice & te dis à toy-même,
Qu'au moins tu nous fais voir assez mal à propos,
L'ame d'un Crocheteur dans le sang des Heros ;
Le trouvant si changé nous croirons avec peine
Qu'il ait jusques à toy coulé de veine en veine :
Nous dirons que la mere à qui tu dois le jour,
A traité la vertu de fantôme à son tour,
Et qu'elle fut si mince en cette PENELOPE
Qu'on n'auroit pû l'y voir que par un Microscope.

MAIS j'en ay dit assez, il est temps de finir,
TIMANTE, & c'est à toy que je dois revenir.
Des Heros dont tu sors supprime l'étalage,
Fais-toy de la noblesse une plus noble image,
Croy qu'elle n'est jamais où la vertu n'est pas,
Qu'il faut pour la trouver, la chercher sur ses pas.
Qu'on se fait des ayeux en la prenant pour guide,
Et qu'on n'a qu'à choisir ou d'*Achile* ou d'*Alcide*.

FIN.

Permis d'imprimer. Ce 16. May 1692.
D'ARGENSON.